U0053569

大偵探
福爾摩斯
─── 乞丐與紳士 ───

SHERLOCK HOLMES

序

　　20多年前留學日本時，看過一套電視動畫片集，叫做《名探偵福爾摩斯》，劇中人物全都是狗。這個擬人化手法，把福爾摩斯查案的經過拍得活靈活現，瘋魔了不少日本小朋友，也讓我留下深刻印象。後來才知道，這套動畫片集的導演不是別人，原來就是後來拍了《天空之城》、《龍貓》和《崖上的波兒》的大導演宮崎駿！

　　創作這套《大偵探福爾摩斯》圖畫故事書時，與負責繪畫的余遠鍠老師談起這段往事，我們都覺得這個手法值得參考。但珠玉在前，怎樣才能編繪出不同的變化呢？經過一番討論後，我們決定再激進一點，索性把整個動物世界搬過來，把福爾摩斯變成一隻擬人化的狗、華生就變成貓，其他還有兔子、熊、豹和熊貓等等。

　　於是，在余遠鍠老師的妙筆之下，一個又一個造型豐富多彩的福爾摩斯偵探故事，就這樣展現在眼前了。希望大家也喜歡吧。

厲河

大偵探福爾摩斯

乞丐與紳士

登場人物介紹

福爾摩斯
居於倫敦貝格街221號B。精於觀察分析，知識豐富，曾習拳術，又懂得拉小提琴，是倫敦最著名的私家偵探。

華生
曾是軍醫，為人善良又樂於助人，是福爾摩斯查案的最佳拍檔。

小兔子
扒手出身，少年偵探隊的隊長，最愛多管閒事，是福爾摩斯的好幫手。

李大猩&狐格森
蘇格蘭場的孖寶警探，愛出風頭，但查案手法笨拙，常要福爾摩斯出手相助。

斯拉夫・聖克萊爾
英俊紳士，案中失蹤者。

聖克萊爾太太
失蹤者之妻，外表柔弱，但個性剛強。

凱麗
聖克萊爾的小女兒。

彼得
聖克萊爾的小兒子。

乞丐布恩
長相醜陋的著名乞丐，案中疑犯。

煙館熊
金條煙館的看館人。

*「斯拉夫」由梁仲言讀者命名；「凱麗」則由徐翰飛讀者命名，兩位皆是本集角色命名比賽的得獎者，特此致謝。

煙窟驚魂

一輛馬車在倫敦的夜街上飛馳，華生孤零零地坐在顛簸的車上，他一臉疲態地自言自語：「唉，要是剛才福爾摩斯在家就好了，不用我一個人去那種鬼地方。想起來，福爾摩斯那傢伙究竟去了哪裏呢？他幾天前外出後就一直沒有回家，不知道在搞什麼鬼。」

原來，華生剛才出診回到家中，就碰到剛好找上門來的惠特尼太太，她哭喪着臉要求

華生幫忙找尋失蹤了兩天的丈夫。惠特尼一家是華生的熟客，特別是惠特尼先生，他體弱多病，常常到華生的診所看病，最叫華生頭痛的是，他還染上了吸食鴉片煙的惡習，讓本來已虛弱不堪的身體更加差了。

「」馬車夫收緊韁繩，並大喝一聲，馬車慢慢地停下來。

「到了嗎？」華生問道。

「到了，往前走幾步就是上史灣登巷。」馬車夫答道。

華生一邊下車一邊吩咐：「麻煩你在這裏等幾分鐘，我很快就回來。」

「好的。但請你小心，這附近 *癮君子* 太多，治安不好。」馬車夫提醒。

華生也知道這附近鴉片煙館林立，有些癮君子沒有 $錢 吸煙，就會打劫路過的人，一般人都會對此區畏而遠之，不敢走近。要不是受人所託，華生自己一個人也不會走到這種地方來。

華生 *小心翼翼* 地穿過一條陰陰沉沉的橫街，走到一間名叫「金條煙館」的兩層式建築物前。據惠特尼太太說，這間煙館就是她丈夫常出沒的地方，但他以往都會即日回家，從未像今次這樣，去了兩天仍不見 *蹤影* 。

一股難聞的煙味從門縫中出來，「進不進去好呢？」華生猶豫了一下，但心想既然已來到了，總不能空手而回，於是只好**硬着頭皮**推門進去。

「嘰」的一聲推開沉重的木門，一陣夾雜着濃烈煙味的**臭氣**洶湧而至，嗆得華生幾乎咳起來。他定一定神，

睜大眼睛往內看去，只見屋內昏昏暗暗，在微弱的燈光下，可以看到兩旁架滿了簡陋的雙層床，床上躺着一個個骨瘦如柴的人，有些已昏昏入睡，有些則拚命地吸着手上的煙槍，情景既壯觀又可怕。

華生正想往內走之際，突然正面迎來一人攔住去路：「先生，來吸煙嗎？」那人說着，把一枝煙槍遞到華生面前。

那人兇神惡煞，一看就知道不是善男信女。華生只好盡量保持鎮定，他有禮地撥開煙槍說：「不必了。我是受惠特尼太太所託，來找她丈夫的。」

那人不悅地發出「哼！」的一聲，就走開了。

A 可怕的人

要吸煙嗎？

不必了。

突然，華生察覺到不遠處有人以 銳利 的目光盯着自己。他往目光的來處看去，只見一個 衣衫襤褸 的中年人坐在一角，一邊吸着煙槍一邊面露邪惡的笑容望向他這邊。他並不認識此人，但那對 明亮 又堅定的眼睛倒似曾相識，不知道在什麼地方見過。

華生雖然對那人的眼神有點疑惑，但心裏提醒自己：「儘快找人

8 神祕人

要緊。」他沒有再理會那人，就一直往屋內的

深處走去。走多了幾步後，華生終於發現目標

人物──惠特尼先生。他迷迷糊糊地躺在床上，

並沒有注意華生的到來。

「惠特尼先生！」華生輕聲叫道。

「啊⋯⋯你叫我嗎？啊⋯⋯你不是華生醫生

嗎？怎會到這裏來的，原來你也愛吸煙嗎？」

惠特尼睜開那雙無力的眼睛，傻笑着。

「什麼愛吸煙，我才不像你呢。」華生沒好

氣地說，「你已**是**在這裏兩天了，不怕太太擔

目標人物

心嗎？」

「**什麼？**」惠特尼一臉狐疑，「我才來了兩三個小時罷了，你搞錯時間啦。」

華生知道，一個人毒癮太深，**迷迷糊糊**地躺着吸毒，對時間的感覺就會遲鈍起來。他一把拉起惠特尼，輕聲喝斥：「快起來，你太太擔心死啦，所以才叫我來找你。再不回家的話，你會死在這裏。」

幸好惠特尼還有三分醒，他在華生的撐扶下終於站起來，以**歉疚**的語氣說：「華生醫生，真慚愧，我對不起太太，我真沒用……」

「知道錯就好了，快走吧。」華生催促。

「但我還沒有付清煙錢……」

「得啦，我會給你結賬，**走吧**。」華生扶着惠特尼往回走。

走了幾步，忽然感到衣尾被人拉了一下，華生回頭一看，原來就是剛才盯着他的那個人。

正感奇怪之際，那人拿出毛巾抹一抹臉，並低聲說：「華生醫生，請繼續往前走，走多幾步，然後裝作不經意地回過頭來看我。」

華生覺得那聲音好熟，但從沒想到在煙窟中竟然有人認得自己，實在太意外了，一時間也想不起那是誰的聲音。他按照指示走了幾步，然後才悄悄地 回過頭看去。

只見那人抹去了部分化裝，露出了一邊臉的真面目，華生定睛一看，不禁赫然：

「啊！你不就是福爾……」

還沒待華生說完，那人馬上把食指放到唇邊：

「噓！別張聲，給人認出我就麻煩了。」

原來那人就是我們的大偵探福爾摩斯，他小心地四處張望一下，知道沒人注意他們，就**壓低嗓子**吩咐道：「你的朋友看來還能撐得住，讓他一個人乘你的馬車回家吧。送走朋友後在路口等着，我很快就來。」說完，就一個**骨碌**倒在床上，佯作吸起煙槍來。

華生對福爾摩斯的出現感到**大惑不解**，但知道總有其原因。他不敢怠慢，連忙扶着惠特尼到前檯付賬，然後急匆匆地離開。

潛伏

讓馬車夫送走了迷迷糊糊的惠特尼後，華生在離開「金條煙館」不遠處的路口等着，不一刻，剛才那個煙鬼弓着腰，像走不動的老人般一拐一拐地走過來。

「別看我。」化身成煙鬼的福爾摩斯在華生身邊走過，他斜眼瞥了華生一下，並輕聲說，「待我走遠了，你再跟着來。拐過街角後，我們再說話。」

華生按照吩咐，離開福爾摩斯五步之遙跟着，兩人

……

別看我

一先一後地轉過了街角。這時，「金條煙館」
有人走出來四處張望，看看沒有什麼動靜，
又退回煙館去了。

福爾摩斯知道沒有人跟來，才放心地挺直
腰板，用力地伸了一個懶腰說：「哎呀，扮成
老人弓着腰走路真辛苦啊，差點連腰也直不起
來了。」

華生驚魂未定似的
問：「我發夢也想不到
會在那煙館碰到你，
實在太意外了。」

19

「哈哈哈，我才意外呢，沒想到連煙也不抽一枝的華生醫生，竟然會在鴉片煙館出沒。」福爾摩斯故意挖苦。

「我是受人所託找朋友，是被迫去的。」華生連忙為自己辯護。

「哈哈哈，不用解釋，我都聽到了。」福爾摩斯笑道，「我也是受人所託，才去那煙館調查的。」

「啊？難道又有什麼棘手的案件發生了？」

「正是，而且這次的案件非常奇怪，又發生在那間品流複雜的煙窟之中，所以我只能扮成老人潛入調查。」福爾摩斯答道。

「是什麼案件？」華生問。

「兇殺案，但仍未找到屍體。」

「啊！」華生不禁驚呼，「那麼，你查到了什麼線索嗎？」

福爾摩斯搖搖頭，面露少有的沮喪說：「在煙館混了幾天，一點線索都找不到。」

「原來你離家幾天，就是來了煙館。」

「也非全日呆在煙館，有時也會出來吃飯，呼吸一下新鮮空氣，否則真的會給那些鴉片煙嗆死了。」說着，福爾摩斯深深地呼吸了一下，看他那副陶醉的表情，街上冷冷的空氣看來真的又新鮮又美味。

「你叫我留下來，是否有事要我幫手？」

「跟我換班，今晚由你去煙館**監視**，打聽一下有什麼動靜。我很累了，要回家睡一會。」福爾摩斯打了個呵欠說。

「不要開玩笑了！易容監視可不是我的專長，何況我絕對受不了那股煙味，待一個小時我都會窒息而死。」華生說完，想 *拔腿就走*。

「哈哈哈！我就知道你會這麼說。我跟你玩玩罷了。」我們的大偵探俏皮地說，「其實，我想你跟我去李村一趟。」

「**李村？**肯特郡的李村嗎？乘馬車去也要一個

小時啊。為什麼要去那裏？」

「受害人聖克萊爾的家在那兒，我想去**借宿一宵**。」說完，福爾摩斯把手指扣在唇邊，用力一吹。

「**呎**」的一聲，口哨響徹夜街。同時，前面轉角處傳來一陣「噠噠噠」的馬蹄聲，一輛馬車很快就開到他們跟前。

車上有人說：「啊！華生醫生，怎麼你也在？」

好熟悉的聲音，華生定睛一看，原來車上的不是別人，正是我們熟悉的**小兔子**，還有坐在他身旁的**阿猩**。

阿猩是少年偵探隊隊員，他穿着一件藍色外套，拉着韁繩，不小心看，還真的以為他是一個成熟的馬車夫呢。

　　「華生，阿猩的駕車技術很了得，是我的好幫手啊。」福爾摩斯說。

　　「好厲害的少年偵探隊，真的是臥虎藏龍，每個人都身懷絕技呢。」華生有點誇張地說。

　　「好了，小兔子、阿猩，辛苦你們了，回家休息吧。我自己駕車就行了。」福爾摩斯說。

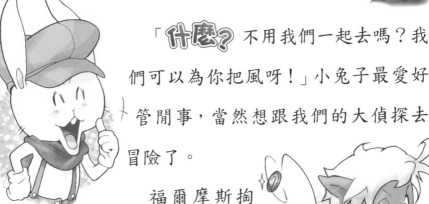

「什麼? 不用我們一起去嗎?我們可以為你把風呀!」小兔子最愛好管閒事,當然想跟我們的大偵探去冒險了。

福爾摩斯掏出零錢 票 給小兔子,說:「你們該肚子餓了,去買點東西吃吧。我和華生醫生要去探望一個人,不用你們把風。」

小兔子和阿猩 不情不願 地跳下車,有點失望地嘀咕:「還以為可以一起去追捕兇徒,真不爽。」

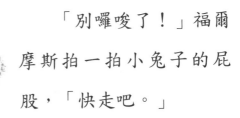

「別囉唆了!」福爾摩斯拍一拍小兔子的屁股,「快走吧。」

說完，他輕輕一，就跳上了駕車者的座位，華生見狀，也連忙攀上車，在福爾摩斯身旁坐下來。

「嗨！」福爾摩斯揮動韁繩，往馬兒的頸上輕輕一拍，馬車就開動了。

案發經過

馬車上，福爾摩斯擦去臉上的化裝後，一直默不作聲地操縱着韁繩。華生雖然滿腹疑團，但為免打斷夥伴的沉思，只好也默默地看着夜街的景色在他們身邊飛擦而過，不發一言。

半晌，當馬車開出了市街，走到郊外的泥路上時，福爾摩斯才開口說：「華生，你真是我的好夥伴。我在沉思時，你就會閉上嘴，什麼也不說，非常有分寸。」

「我不是什麼也不說，而是什麼也不敢說。其實，我有很多事情想問的啊。」

「**哈哈哈！**華生，你越來越厲害了，竟然找到機會挖苦我呢。」福爾摩斯愉快地笑了，「來吧，有什麼想問，就問吧。」

「此案是誰人委託你調查的？你還沒有說呢。」

「啊，對不起，我還沒說嗎？」福爾摩斯**搔一搔**頭，「是死者聖克萊爾的妻子委託我查此案的。不，嚴格來說，不能說聖克萊爾已死，因為警方還未找到他的**屍體**，大概只能稱他為失蹤者吧。根據聖克萊爾夫人的憶述，案發經過是這樣的……」

6月13日 **星期一** 的早晨，聖克萊爾先生吃過早餐後，如常出門上班，他的公司在倫敦市內，他每天一早就出門，晚飯之前就會回家。

出門時，聖克萊爾先生還對太太說：「我下班後會買一盒 **積木** 回來，不然凱麗和彼得就會說我不守信用啦。」

凱麗和彼得是他的一對兒女，最近一直嚷着要買積木玩。

聖克萊爾離家後不久，他太太就收到一封電報，叫她到船公司取一個**郵包**。

聖克萊爾夫人領取郵包後，由於很少在該區出入，走着走着就迷了路，還闖進了史灣登巷。那附近是著名的鴉片煙窟集中地，治安並不好。

她戰戰兢兢地經過上史灣登巷時，突然響起了一陣吵鬧聲，原來有兩個癮君子不知為什麼扭打起來。有些人連忙閃避，但也有些人圍起來看熱鬧。

聖克萊爾夫人

沒有遇過這種場面，當然慌忙走避。當她躲到路邊時，對面一棟房子的二樓有人探出頭來觀望，她不經意地抬頭一看，卻赫然發現——**那人竟然是自己的丈夫！**

「哎呀！」那人驚叫一聲，彷彿被人從後猛然一拉，突然縮回屋裏去。

聖克萊爾夫人完全沒有想到會在這種地方碰到自己的丈夫，她內心雖然**惶恐不安**，但仍鼓起勇氣，闖進了那房子。

那棟房子，就是臭名昭著的鴉片煙窟**金像煙館**！

「啊！就是我們剛才去過的那間煙館。」華生有點驚愕地道。

「**對，就是那煙館。**」福爾摩斯繼續說，「聖克萊爾太太推門進去後……」

她看見一條樓梯就在大門出入口的旁邊，於是提起裙腳想衝上去，可是一個**凶神惡煞**的大漢卻從樓梯上走下來，一手攔住

了她。

「**讓開！我要找我的丈夫！**」聖克萊爾夫人不知道哪來的勇氣，猛然喝道。

「太太，你丈夫是誰？二樓什麼人也沒有啊。」意外地，那大漢說話非常和氣，與他的外貌並不一樣。

「外子叫斯拉夫·聖克萊爾，剛才在街上看到他在二樓的窗口探出頭來，錯不了。」聖克萊爾夫人說完，一把**推開**那大漢就往上衝。

那大漢也不示弱，一手捉住她的手臂，**硬生生**地把她拉下樓梯，但仍然以非常和氣的口吻道：「太太，請你守規矩，這裏是私人地

33

方，不能到處亂闖。否則，我可不會客氣。」

那大漢說完，順勢把聖克萊爾夫人推出門外，並有禮地對她說聲：「再見。」然後，「砰」的一聲，把大門用力關上。

聖克萊爾夫人慌亂起來，已不顧淑女的儀態，就在樓下向着二樓的窗戶叫起來：「斯拉夫！斯拉夫！快出來呀！」

可是，二樓的窗戶緊閉着，毫無動靜。反而，剛才那個大漢卻從大門衝出，突然變臉喝道：「敬酒不吃吃罰酒，你再在這裏吵鬧，信不信我動手打你！」說着，就作勢揮拳要打。

聖克萊爾夫人為救丈夫，已不顧安危，挺起胸膛踏前一步說：「你敢打！」

那大漢想打下去，但見對方是弱質女流，

似有所顧忌，只好把手縮回來，不過就更大聲
地喝道：「**臭婆娘！ 快滾！** 不然我就真的
動手打你了！」

「來呀！夠膽就動手吧！」夫人說完，馬
上轉身向街上的人大喊，「有人想動手打女人
呀！**有人打女人呀！**」

她這麼一喊，立即引起街上行人的注意，
紛紛向這邊看來，目光都集中在那大漢身上。
大漢雖然氣得**咬牙切齒**，但在眾目睽睽之
下，又實在不敢打一個女人。

「打呀！怎麼不敢打了？快讓開，我要找
我的丈夫！」夫人**得勢不饒人**，進一步逼前
說。

「豈有此理……」那大漢見沒辦法趕走聖克
萊爾夫人，只好**堵**在門前，死也不肯讓夫人進

去。就這樣，兩人在門前擾攘了八九分鐘，各不相讓。

這時，只見一個胖警察和兩個穿西裝的男人正好向小巷這邊走過來。

「警察！警察！救命呀！救命呀！」聖克萊爾夫人如見救星似的連忙呼叫。

那大漢看見已驚動了警察，連忙閃回煙館內，然後悄悄地關上大門。

胖警察和那兩個男人聽到了喊聲，不期然地望向這邊來。

福爾摩斯說到這裏，對華生笑道：「你知道那兩

個穿西裝的男人是誰嗎？」

「不要**賣關子**了，他們是誰？」華生問。

「哈哈，就是我們的老朋友——李大猩 和 狐格森。他們那天查完案，剛好路過那裏。」

乞丐的嫌疑

　　李大猩問明原委後，立即一腳
「金條煙館」的大門，踏着大步闖進去。

　　剛才那個大漢馬上 住樓梯口，客氣地
說：「啊，還以為是誰，原來是李大猩和狐格
森探員，請問有何貴幹呢？」

　　這區罪案多，我們的孖寶警探常在這
附近出入，**黑道中人**都認識他們。

「哼！煙館熊，滾開！我們要上二樓找人。」李大猩喝道。原來，那大漢綽號「煙館熊」，是金條煙館的看館人。

「嘿嘿嘿……二樓沒有人，不用找了。」煙館熊仍然客氣地說。

「不！我明明看到外子在二樓的。」聖克萊爾夫人在李大猩身後探出頭來反駁。

「滾開！」李大猩推開煙館熊，領着眾人急步衝上二樓。踏進裏面一看，只見房內佈置簡單，只有一張床、一個靠牆的木櫃、一個放在床邊的木箱子和一張茶几，但一個人也沒有。

其實圖中已顯示Ⓐ Ⓑ Ⓒ Ⓓ 四個可疑的地方，各位讀者，你們能找出來嗎？

A 答案於p.44   B 答案於p.50

C 答案於p.52   D 答案於p.56

聖克萊爾夫人走到窗前，她往街外望去，然後回過頭來對李大猩說：「沒錯，我剛才站在對面街上，外子就站在這個窗口的旁邊。他看見我驚叫一聲，就被人拉回屋內。」

這時，煙館熊也施施然地走進來，冷笑道：「嘿嘿嘿⋯⋯⋯⋯ 怎樣？找到了人嗎？沒有吧？只是這位女士眼花而已。找不到人，就請回吧。」

這時，不知從哪兒傳來兩下輕微的咳嗽聲。李大猩眼眉往上一挑，向胖警察和狐格森打了個眼色，然後大聲說：

搜搜搜搜！

「唔？」聖克萊爾夫人注意到床底下好像有什麼動靜，連忙俯身一看。

「**哎呀！床下有人！**」

李大猩聞言，一個箭步衝到床前，雙手抓着床邊用力一翻，「**砰**」的一聲，他把整張床翻個四腳朝天。

可惜的是，躲在床底下的並非夫人的丈夫，而是一個**衣衫襤褸**的乞丐！他滿面污垢，一邊嘴唇更像缺了一角似的向上翻，露出骯髒的牙齒，長相非常可怕。

「乞丐？怎會這樣的？」華生問道。

「你也吃一驚吧。」福爾摩斯說，

A 躲在床底下的乞丐。

「不僅是你，李大猩和狐格森都大感意外，聖

克萊爾夫人就更被嚇得退到一角呢。」

「你不是布恩嗎？怎會在這裏的？」李大猩問道，看來他認識此人。

「呵呵呵，怎麼走進人家的房間也不敲門，蘇格蘭場的警探也不懂禮貌嗎？」叫布恩的乞丐語帶譏諷，看來他也認識三位警察，並不感到害怕。

「哼！你不到街上乞錢，躲在床底下幹什麼？」李大猩喝問。

「什麼乞錢？我只是憑表演賺錢，沒有乞啊。」乞丐布恩不慌不忙地說，「此外，我不是
「躲」，只是
「躺」在床底下睡覺而已。」

「什麼？不是『躲』，是『躺』？有床不睡，躺在床底下，還不算躲嗎？你一定是做了虧心事，所以才這樣！」李大猩厲聲喝道。

「呵呵呵，探員先生，我睡慣了冰冷的路邊，要我睡軟綿綿的大床簡直就是受罪。我每天工作回來，都是睡在床底下的啊。」乞丐布恩說得頭頭是道，俗語說「做慣乞兒懶做官」，聽來也有他的道理。

李大猩遇上這個軟皮蛇似的乞丐，看來也無從入手，一時想不出辦法，只好拚命地搔頭。

一直沒說話的狐格森，看到拍檔 **束手無策** 的樣子暗自偷笑，知道自己開口的時間到了：「布恩，這位太太說剛才看見她的丈夫在這個房間裏，你有沒有看到他？」

「沒有。我一直睡在這裏，在你們進來之前，沒聽到有人來過。」布恩說得清楚。

狐格森向聖克萊爾夫人說：「太太，這傢伙是針線街的 **著名乞丐**，他雖然身又髒口又臭，但也不算是個壞人。」

「呵呵呵，探員先生，你也真坦率呢，竟然在這麼漂亮的女士面前說我又髒又臭，一點面子也不給。」布恩地說，「對了，我已經說過了，我不是乞丐，我是街頭賣藝人。在針線街，有誰不識我布恩。」

「看來，你剛才認錯人了，我們還是走吧。」狐格森對夫人說。

李大猩見找不到人，只好不服氣說：

「哼！走吧！」

　　「啊，李大猩他們這樣就放棄了？」華生緊張地問。

　　「本來是的，但幸好聖克萊爾夫人**機警**，她灰心喪氣地正要離去之際，忽然發現茶几上放着的一盒東西。」福爾摩斯道。

　　「**一盒東西？**」華生問。

　　「對！就是這盒東西，讓案件可以查下去。」

積木與衣物

　　聖克萊爾夫人發現茶几上放着一盒東西。她趨前一看，原來是一盒簇新的玩具**積木**。

　　「怎麼了？」狐格森看見夫人神情有異，於是問道。

　　「外子今早出門時，說會買一盒積木給孩子們玩的。怎會這麼巧，**這裏竟然也有一盒積木？**」夫人說。

B 一盒可疑的積木。

「什麼？」已走到樓梯口的李大猩聞言，連忙 折返 問道，「真的嗎？你丈夫真的說會買積木？」

乞丐布恩聞言顯然也有所 動搖，眼神閃爍慌張。站在一旁的煙館熊也緊張起來，顯得坐立不安。

「再搜！給我搜一個天翻地覆！」

李大猩興奮得磨拳擦掌，在屋內走來走去，翻箱倒櫃地亂搜。狐格森和胖警察見狀，也在屋內團團轉，看看有什麼發現。

胖警察注意到一個木箱，打開一看，發現了一堆衣服鞋襪，都是漂亮的上等貨，不像乞丐應該有的衣物。

C 一個木箱，內有可疑的衣服鞋襪。

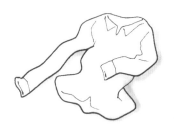

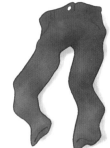

「」聖克萊爾夫人看到那些東西不禁驚叫，「這些都是外子的東西！他今早就是穿着這些衣服出門的。」

「嘿嘿嘿！」李大猩如獲至寶似的逼近布恩，「喂！快老老實實地坦白，不然有你好看的。」

乞丐被李大猩逼至牆角，不知道如何回答，只好胡亂說：「我⋯⋯我不知道這些衣物的來歷。總之，我沒見過其他人在這裏出入。」

李大猩轉過頭來，逼近煙館熊說：「喂！你又有何解釋？」

煙館熊看一看乞丐布恩，又看一看李大猩和狐格森，自知沒法說出一個令人信服的理由，只好**聳聳肩**說：「我也不知道啊，可能是有人遺下的吧。」

　　這時，夫人把那堆衣物整整齊齊地放到桌子上點算，分別是一對**襪子**、一雙**皮鞋**、一個**懷錶**、一條**領帶**、一件**襯衫**、一條**褲子**、一件**西裝背心**。

　　「這些都是外子的衣物，不過，缺少了他的**外套**。」夫人點算完後說。

「**獨缺外套嗎？**」李大猩轉身向布恩喝問，「喂！把外套藏到哪兒去了？」

乞丐布恩避開李大猩嚴厲的眼神，以幾乎聽不到的聲音說：「**我⋯⋯⋯怎知道。**」

「哼！再搜！」

就在這時，胖警察指着木櫃說：「這個櫃後面好像有個 **暗格**。」

「什麼？」李大猩和狐格森一個箭步衝到木櫃旁，兩人合力把它推開。果然，木櫃後有個細小的房間，房間還有一扇 **窗**，從窗口往外看去，可以見到一條通往保羅碼頭的河道就在屋子下面。原來，這

D 藏在木櫃後面的暗格。

間煙館是建在河邊。

聖克萊爾夫人走進小房間內細看，突然指着地板驚叫：「啊！有血！」

李大猩馬上蹲下來看，果然，地板上有幾點

血跡，他掏出手帕一抹，血馬上就沾到手帕上。

「血仍未乾！」李大猩神情緊張地道。

「這兒也有一些血呢，看來也是未乾的。」狐格森指着窗邊說。

「**啊……難道外子已遇害了？**」聖克萊爾夫人驚恐萬分。說完，眼前一黑，就昏過去了。

乞丐房間　暗格　窗

河道

有趣的乞丐

福爾摩斯駕着的馬車仍在市郊的夜道上飛馳，時而飄來一陣陣灰白色的夜霧，時而月亮從雲層中探出頭來，灑下忽明忽暗的月光。黃色的月光中透着慘白，叫人感到不寒而慄。

「那麼，後來怎樣？」華生緊張地問，他從側面看到月光灑在福爾摩斯的臉上，勾劃出一個堅毅的輪廓。

「當天，李大猩他們馬上拘捕了乞丐布恩，但由於沒有證據顯示煙館熊與案件有關，所以沒有拘捕他。」

華生想了一下，問：「從那個叫布恩的乞丐身上，查到了什麼嗎？」

「沒有。」福爾摩斯搖搖頭，「他說並不認識失蹤者聖克萊爾，只是堅稱自己是**無辜**的，但又無法解釋為何房中有聖克萊爾的衣物，和新鮮的**血跡**從何而來。」

「你剛才提到，李大猩他們也認得這個乞丐，他為何這麼出名？」華生問道。

「嘿嘿嘿，他是倫敦的**名馬**，行乞時絕不會直接討錢，反而會向路人搭訕，政經時事都難不倒他。更厲害的是，他還會拉小提琴，所以路人都樂意施捨。」福爾摩斯說。

接近失蹤者的？內心

「原來如此，這個乞丐可真不簡單呢，要在街頭行乞實在可惜。」華生有點惋惜地道。

「是啊，他的出身看來不差，可能際遇不好，結果要淪落街頭吧。」

「那麼，你也認為聖克萊爾的失蹤與他有關？」華生問。

「從表面證據看來，他脫不了嫌疑。況且，他是一個很聰明的人，幹起謀財害命的事來，應該勝任有餘。」福爾摩斯說。

「所以，你這幾天就潛進煙館，想查出他的底細，看看與罪案有什麼關聯？」華生問。

「是的，可惜一無所獲。」

「但這麼晚去聖克萊爾夫人家又有什麼用呢？」

「問得好。」福爾摩斯向右拉一拉韁繩，好讓馬兒稍靠右走，「我剛才不是說過嗎？在煙館呆了幾天，一點線索也找不到，就算再呆下去，相信也沒什麼結果，所以，必須轉換方向調查。」

「此話怎講？」

「去煙館，是為了查探疑犯的底細；去失蹤者家，當然是為了摸清失蹤者的底細了。」福爾摩斯答得理所當然。

「什麼？失蹤者是受害人，連受害人也要查嗎？」華生摸不着頭腦。

「當然要查。」福爾摩斯列舉了以下兩個原因。

❶ 據其太太說，聖克萊爾沒有抽鴉片煙的習慣，那麼，他為何會出現在鴉片煙館的二樓呢？

他會否是個癮君子，而一直把太太蒙在鼓裏？

或者，他在生意上與鴉片煙館有什麼交易，所以才會現身煙館？總而言之，就是從他的背景中，找出他與煙館的關係。

❷為什麼乞丐布恩會把聖克萊爾先生擄走，並囚禁在煙館的二樓呢？

他們兩人是早已認識的嗎？兩人之間有什麼關聯呢？據以往經驗，擄人者與被擄者大多都有某種關聯，例如是家人、親戚、朋友、同事等等，總之，兩者很多時候是直接認識或間接認識的。

「啊……原來如此。」華生聽罷，覺得有道理。

福爾摩斯拉一拉韁繩，減低馬兒的跑速，然後說：「你知道嗎？要深入了解一個人，最好就是置身於他日常流連的地方，坐在他的位置上，從同一個角度觀察他每天都看到的事物，然後慢慢代入他的世界中去。這樣，你就能接近他的內心，知道他在想什麼了。」

「我明白了，你去聖克萊爾家借宿，就是要進入聖克萊爾的內心世界，深入了解他是一個怎樣的人。」華生說。

「雖然不知道能否做到，但目前只有這個方法，只能儘管一試。」福爾摩斯說着，把韁繩用力一拉，馬兒放慢了腳步，在一間大屋門前停了下來。

神秘的來信

聖克萊爾大宅的客廳裝修得**古色古香**，一看就知道屋主是個富裕和品味高尚的人。

福爾摩斯介紹過華生後，在聖克萊爾夫人的帶領下，踏進了飯廳。

「啊，好豐富的**晚餐**呢。」華生看到餐桌上擺滿了**香氣四溢**的食物，不禁食指大動，因為忙了一整個晚上，還沒有吃晚飯呢。

「今天下午收到電報，知道福爾摩斯先生會來借宿一宵，我已吩咐下人做了些菜。**酒微菜薄**，請勿介意。」聖克萊爾夫人示意兩人坐下。

「我肚子已在打鼓了，怎會客氣，你們慢慢談，我先吃了。」華生太餓了，老實不客氣地吃起來。

福爾摩斯看到華生那副饞貓相，只好尷尬地一笑，然後向夫人報告調查進度：「在金條煙館呆了幾天，什麼線索也找不到。看來，案發地點並不是破解本案的重點，否則，不可能一點線索也沒有。」

聖克萊爾夫人失望地垂下頭來，問道：「那麼……你認為外子……是否已經遇害了？」

拚命地把食物塞進口中的華生，聽到夫人這句直接得可怕的問話後，他拿着刀叉的雙手也不期然地靜止下來。

空氣也好像凝固了，氣氛異常地緊張。華生悄悄地瞥了夥伴一眼。

福爾摩斯顯然也沒想到夫人會有此一問，他呆了半晌，才一反常態地吞吞吐吐說：「這個嘛……唔……我是這麼認為的……」看來，我們的大偵探正在搜索用詞，企圖找出一個比較曖昧的說法，以減輕夫人的傷痛。

「請老實說吧！不必為我擔心，我受得住的。」聖克萊爾夫人毅然抬起頭來，盯着福爾摩斯。

「既然夫人這麼說，我也不便隱瞞自己的想法了。」福爾摩斯一頓，然後繼續說，「就案發現場的表面狀況而言，你丈夫已遇害的可能性頗高。」

聖克萊爾夫人心頭一顫，但仍按捺着內心的不安問：「那麼，你估計他是在什麼時候遇害的？」

「案發當日，即是你看到他在煙館二樓窗口出現那天。窗旁未乾的足以支持這個觀點。」福爾摩斯說。

「這麼說，就是星期一了。」說着，夫人從口袋裏拿出一個信封，「不過，又怎樣解釋這封信呢？」

「信？」福爾摩斯不明所以。

「這是外子寄給我的信。」夫人說。

「什麼？」華生驚叫，嚇得連嘴裏的食物也掉下來，非常狼狽。

「讓我看看。」福爾摩斯伸手接過信件，連忙打開來看。

內裏只有一張便條，上面這樣寫着：

Dearest do not be frightened. All will come well. There is a huge error which it may take some little time to rectify. Wait in patience.

SLAV

「不必擔心，事情總會得到圓滿解決。我這邊出了個大差錯，要花些時間處理。暫且忍耐一下吧。　斯拉夫」

福爾摩斯細心地比較了一下信封和便條的字跡，然後說：「兩個字跡並不一樣，信封的字不是聖克萊爾先生寫的吧？」

「你怎知道的？」夫人問。

「看墨水的深淺就知道。」福爾摩斯指着

信封上的字和地址，「收信人的名字『聖克萊爾夫人』（Mrs. St. Clair）的墨跡是自然地乾的，所以墨跡又深又黑。可是，地址（8 Lee Village, Kent, England）的字跡卻是淺黑色的，很明顯，有人曾經用過吸墨紙印過一下地址的字。」

「這又表明什麼呢？」夫人再問。

Mrs. St. Clair

8 Lee Village, Kent, Eng

　　「這表明了寫信封的人知道你的名字，卻不知道這裏的地址，所以寫完你的名字後停下來，問清楚地址後，才把地址寫上。接着，又用吸墨紙印了一下未乾的**墨水**。」福爾摩斯說。

　　華生聽完，**恍然大悟**地說：「哦，我明白了。聖克萊爾先生不可能不知道自己家的地址，所以從墨跡中，就可看出地址不是聖克萊爾先生寫的了。」

　　「正是這個道理。」福爾摩斯說。

「你說得對，信封上的字不是外子寫的。但我肯定那字條是外子寫的，雖然字跡看來比平時寫得潦草。」聖克萊爾夫人說。

扉頁

「字條的紙張看來是匆匆忙忙地從一本書的扉頁上撕下來的，從不整齊的撕口也可以看出來。字則是用鉛筆寫的，他的字跡潦草，顯然下筆時有點驚惶失措。」福爾摩斯說。

鉛筆

「或許聖克萊爾先生是在有人監視下寫的吧，所以才寫得那麼潦草。」華生說。

監視

「有可能。」說完，福爾摩斯小心地檢視信封的封口處，

又用鼻子聞了一下，「唔⋯⋯有點煙味，為此信封口的人看來喜歡嚼煙，他用舌頭舔了一下封口處，留下了煙味。」

「你丈夫有嚼煙的習慣嗎？」福爾摩斯轉過頭來，向夫人問道。

聖克萊爾夫人搖搖頭：「他從不嚼煙。」

「這麼說，用 舌頭 為此信封口的是另有其人了。」福爾摩斯說。

「他一定是寫好字條後，再交給別人為他寄出。所以信封不是自己寫，也不是自己封口。」華生已忘記桌上的晚餐，插嘴道。

福爾摩斯再看一看信封上的郵戳，上面寫着「格雷夫斯德　6月17日」（GRAVESEND 17 JUNE）。

「信是昨天**星期五**寄出的。如果外子在星期一遇害，又怎能夠在星期五寄出這封信？」聖克萊爾夫人質疑。

福爾摩斯忽然問：「除了字條外，信封裏還有什麼東西吧？如果沒猜錯的話，看來是一枚戒指。」

「啊！你怎知道的？」夫人大為詫異，說着，從口袋中掏出一枚金戒指遞上，「我正想說，已給你猜着了。」

「沒什麼，我只是看見信封上有一個給什麼東西壓成的 小圓印 而已。」福爾摩斯說着，把信封也遞給華生看，果然，信封上真的有一個圓形的印記，大小正好和戒指一樣。

「我知道丈夫並沒有遇害，這枚戒指是外子的，字條又是他寫的，這些都可證明他仍然在生。」夫人以堅定的語調說。

「有道理，這封信也令我重燃希望了。」福爾摩斯面帶笑容地說。

然而，有一些問題卻讓華生感到納悶，他不明白為何我們的大偵探沒有說出來。因為，以福爾摩斯的本事，他不可能沒看出以下三個可能性。

❶ 由於信封不是聖克萊爾親手寫的，那麼，字條可能是在他遇害之前預早寫好的。在他遇害後，信件才由其他人寄出。

❷ 戒指也不能說明什麼，寄信人可以在他遇害後，才從他的手上脫下來，然後放到信封內與字條一起寄出，這就可以強化聖克萊爾仍然在生的假象。

❸ 如果聖克萊爾仍然在生，他為何不在字條上寫明自己身在何方？他到現在仍未回來，不是反證了他可能已經遇害嗎？

福爾摩斯似乎也猜到華生在想什麼，於是故意<u>催促</u>道：「華生，時間不早了，我們快快吃完晚餐，讓夫人也可以休息吧。」說完，他自己也拿起<u>刀叉</u>，拚命地吃起來。華生知道福爾摩斯不提出質疑，總有他的理由，只好把說到嘴邊的疑問<u>吞</u>回肚子裏。

小寶寶的安眠曲

　　當兩人把桌上的食物吃個清光後，一個小女孩和一個小男孩半睡半醒似的從二樓走下來。小女孩向夫人說：「爸爸呢？我睡不着，可以叫爸爸拉一首曲子給我聽，伴我睡覺嗎？」

　　聖克萊爾夫人拉着小女孩的手，溫柔地說：「凱麗，爸爸有事出差了，過兩天才回來。凱麗乖，媽媽陪你一起睡吧。」

「不，我要聽爸爸拉的曲子，我要聽。」凱麗撒嬌說。

夫人無奈地抬頭看了一看福爾摩斯和華生，說：「外子會拉小提琴，當他們姊弟倆睡不着，他就會拉一曲安眠曲，哄他們睡覺。」

福爾摩斯滿面笑容地趨前，他蹲在小女孩的跟前，摸一摸她的腦瓜兒說：「你叫凱麗嗎？喜歡聽什麼曲子，讓叔叔拉給你聽。」

凱麗睜大眼睛，疑惑地問：「叔叔也會拉小提琴嗎？我要聽《小寶寶的安眠曲》。」

「好呀！這首曲子我懂。」福爾摩斯向夫人問道：「可借聖克萊爾先生的小提琴一用嗎？」

「當然可以，我們一起到客廳去吧。」夫人抱起小姊弟兩人，領着福爾摩斯和華生走到客廳，並拿來一個漂亮的小提琴。

我們的大偵探接過小提琴，試着拉了幾下，調較了一下 琴弦 ，挺一挺腰板，就拉起來了。

美妙的音樂在偌大的客廳中迴繞，福爾摩斯拉得搖頭擺腦，非常陶醉。聽着聽着，華

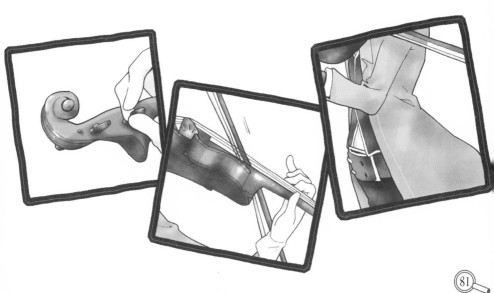

生感到全身的疲累慢慢地消散，本來**繃硬**的神經也鬆弛下來，更對我們大偵探的多才多藝佩服不已。不一刻，一曲將盡，姊弟倆已在夫人的懷中睡着了。

夫人抱着小姊弟站起來，並輕聲對福爾摩斯說：「我抱他們去睡覺，客房就在二樓的盡頭，你們自便吧。」

　　客房中，華生問道：「福爾摩斯，你沒理由沒想到案中 三個疑點 ，為什麼不老實說出來？」說着，就把剛才自己想到的三個疑問一一道出。

福爾摩斯聽完後，面上浮現出一抹哀傷：「你的分析很有道理，這些我也全想到了。只是……我比你掌握了更多**情報**，所以更難向夫人說出口。」

「更多情報？你還有案情沒告訴夫人嗎？」華生不明白。

「是的。本想在馬車上告訴你，但還未說完，我們已抵達這裏了。」福爾摩斯**臉色凝重**地說，「其實，在案發後第二天，警方已找到了聖克萊爾的**外套**。」

「什麼？」華生喊了起來，

「在哪裏找到的？」

「是在煙館後面的河道中找到的。那條河道會因潮退而露出河床，我和李大猩他們在潮退時，發現聖克萊爾先生的外套沉在水底。」

福爾摩斯說。

「聖克萊爾夫人還未得悉此事嗎？」

「還未。」

「那麼，你們又怎知道那一定是聖克萊爾先生的外套，或者是其他人把外套丟在那裏也說不定啊。」華生還抱一線希望地說。

「不，那一定是聖克萊爾先生的外套。」福

爾摩斯說得毫不猶豫，「因為它的口袋裏塞滿了**銅幣**，而且正好沉在煙館窗口的正下方。」

「塞滿了銅幣？」華生聽不明白。

「在外套的口袋裏塞滿銅幣，可以把衣服沉到河床去，否則衣服很容易浮起來，那乞丐的惡行就馬上暴露了。」福爾摩斯說，「只有乞丐才會馬上張羅到這麼多銅幣，一定是他脫下聖克萊爾的外套，丟到河道裏去的。」

「原來如此。不過，這也讓外套沒有被水沖走，留下了**重要證據**。」華生說。

「但換了是屍體的話，很快就會被沖到老遠去了。」

「河道的出口是大海，難道屍體已被沖出了大海？」華生擔心地問。

「極有可能。」

「但是，為什麼乞丐布恩只把外套丟掉，又不丟棄其他衣物呢？」華生問。

「據聖克萊爾夫人說，她發現丈夫在窗口出現，到她找到警察衝上樓去，前後不超過10分鐘，據我估計，乞丐布恩本來是想把所有衣

服丟棄的，可是，他殺死了聖克萊爾先生並把他拋進河中後，只能趕及把外套丟掉，當正想丟棄其他衣物時，警察已衝上樓來了。」福爾摩斯分析。

「於是，他在慌亂之間，只好把衣物塞到一個木箱中，然後躲在床底下靜觀其變。要是警察沒發現，他就可以逃過被捕的命運了。是嗎？」華生問道。

「應該是這樣。可是，布恩為何要脫光聖克萊爾的衣服才棄屍呢？直接把穿着衣服的屍

體丟進河中不是更簡單嗎？實在奇怪。」福爾摩斯說。

「唔……有道理。」華生點頭同意。

「還有，乞丐布恩和聖克萊爾有什麼關聯呢？一個是衣冠楚楚的紳士，一個是骯髒猥瑣的乞丐，實在無法把兩者連接起來。」福爾摩斯彷彿束手無策似的，在房中來來回回地踱起步來。

　華生實在太累了，已沒有精力再分析下去，他躺在床上看着他的夥伴踱來踱去，不一會，沉重的眼皮垂下，鼻子發出「呼嚕呼嚕」的鼾聲，昏睡去了。

驚人的發現

　　福爾摩斯咬着煙斗，在睡房中來來回回地踱着步細想，總覺得來了聖克萊爾大宅後，彷彿有些東西在腦袋裏卡住了。他也知道，只要解開這個卡住的東西，對案情的推論就能走前一步，可惜的是，想來想去也想不出卡住的東西是什麼。＊

　　腦袋閉塞的時候，最好就是喝一杯冷開水。

＊各位讀者，你們猜到福爾摩斯腦裏卡住的東西是什麼嗎？答案在書中找。

冷水沿着食道流到胃裏時，腦袋也會受到刺激

打顫，說不定可以一舉衝破那個「**卡點**」。

福爾摩斯想着，看了一看仍在熟睡中的華生，

於是**躡手躡腳**地走出睡房，向樓下的廚房走

去。

到了樓下，他瞥見書房門開着一道細縫，

透出了一條光線，看來，裏面仍有人未睡。

「打擾了。」福爾摩斯在門上輕輕的敲了幾

下，然後推門進去。

聖克萊爾夫人坐在椅子上，她回過頭來：

「啊，福爾摩斯先生，你還沒睡嗎？」

「腦袋裏有什麼被卡住了，

怎也想不通，正想到廚房去

喝**一杯水**。」

「那麼，讓我去為你倒一杯吧。」夫人連忙起來去倒水。

福爾摩斯仔細地打量了一下書房，只見三面牆壁都是塞滿了書的書架。他心想：「聖克萊爾是個 讀書人 呢。我實在太大意了，怎麼沒想到來這個書房看看，一個人看什麼書，最能反映他的興趣和思想。」

「這些都是外子的書，他的嗜好除了拉小提琴外，就是看書。」夫人拿着水杯走進來，在福爾摩斯身後說。

「啊，是嗎？」福爾摩斯回過頭來，趨前接過水杯，並指着書桌後的 椅子 問，「我可以坐在那裏嗎？」

「那是外子的椅子，他常常整天坐在那裏看書。你隨便坐吧。」夫人說。

「我想看一看這個書房裏的書，說不定對破案有幫助。」

「好呀，只要對破案有用，你在這間屋裏看什麼都行。」夫人爽快地答應。

福爾摩斯聽到這麼說，就老實不客氣地坐在書房主人的椅子上。他一邊喝水一邊舉頭四看，希望從書房主人坐着的角度，去審視這個「書庫」，找出他需要的線索。

忽然，一些文件夾映入福爾摩斯的眼瞼，那些文件夾正好和他視線的水平成一直線，陳列在正對面的書架上。

「那些文件夾收藏了什麼？」福爾摩斯好奇地問。

「外子年輕時當過幾年記者，那些都是他的剪報，有些更是他自己發表過的文章。」

聖克萊爾夫人答。

　　福爾摩斯聞言，心裏暗地大喜，相對於聖克萊爾的藏書，細讀他的剪報和親手寫的文章，顯然更能接近他的思想。福爾摩斯正想開口借閱時，夫人已先說了：「你可以隨便看啊，沒有什麼秘密。我不打擾你，請自便吧。」說完，夫人就離開書房，上樓去了。

　　我們的大偵探連忙把所有文件夾從書架上取下逐一細閱。從文章中，他得知聖克萊爾是社會版的記者，寫的都是與社會新聞有關的事情，而且文筆也不錯，有些深入報道寫得頗為引人入勝。可惜的是，福爾摩斯看完一本又一本厚厚的文件夾，都沒有什麼收穫。

　　不經不覺之間，天邊透出了晨光，遠處傳來了雞啼的叫聲，快天亮了。書桌上仍有兩三本文

件夾未看，福爾摩斯的眼皮垂下，眼底浮現出兩塊黑斑，可是他仍然**死命撐着**，翻完一頁又一頁。

看着看着，不知怎的，福爾摩斯覺得自己已一步一步地進入了聖克萊爾的內心世界，彷彿很快就可以從迷宮中找到出口，把卡在自己腦袋裏的那個「什麼」挑出來。

當眼瞼實在沉重得撐不住了，正要合上眼睛之際，福爾摩斯的手有如機械似的 到下一頁。就

在那的一瞬間，一個標題「嚓」地映入眼瞼，他滿佈血絲的雙眼猛然一睜：

「啊！原來如此！原來如此！我明白了！」

這時，晨光射進書房，把整個房間照得金黃，福爾摩斯把文件夾合上，興奮地「霎」的一聲站起來，大叫：

「破案了！」

他立即奔上睡房，把華生叫醒。

「馬上出發，去**收押**乞丐布恩的警局！」福爾摩斯高呼。

可能他太大聲了，聖克萊爾夫人也給吵醒了吧，她探進頭來問：「怎麼了？你發現了什麼嗎？」

「說來話長，我們要去警局找乞丐布恩對質，你隨後也馬上來吧。」福爾摩斯不掩**興奮**地說。

「去警局⋯⋯我去警局
有什麼用？」夫人不解地問。

「當然有用，因為你要去迎接你的丈夫——
聖克萊爾先生！」福爾摩斯朗聲道。

「什麼？」本來仍然睡眼惺忪的華生也給大
偵探的這句話嚇了一跳，整個人也驚醒了。夫人
更驚愕得目瞪口呆，並不相信自己的耳朵。

福爾摩斯拉着連衣服也未穿好的華生，一
口氣就奔下樓去。當兩人奔到門外時，他好像
想起什麼，對華生說：「你把馬車拉過來，我

要回去取一點東西。」說完，又折返大屋裏。

　　不一刻，當華生把馬車拉過來時，福爾摩斯已提着一個小提琴奔過來了。

　　「**走！**」

他大叫。

小提琴的琴音

福爾摩斯喜形於色地駕着馬車在路上飛馳，華生這時才繫好蝴蝶結領帶，也完全清醒過來了。

「究竟發現了什麼，可以這麼肯定聖克萊爾會在警局出現？」華生問。

「我真笨，簡直就是全歐洲最笨的私家偵探呢。」我們的大偵探笑着說。

華生聞言，不禁瞪大了眼睛，他不敢相信自己的耳朵，因為他從未聽過福爾摩斯這麼謙虛的。

看一看目瞪口呆的華生，福爾摩斯笑道：「幸好我勝在具有鍥而不捨、死纏不休的精

神，翻閱了聖克萊爾的所有剪報，才終於解開了整個晚上**卡**在腦袋裏的問題。」

「究竟發現了什麼？快說出來聽聽。」華生急了。

福爾摩斯拍一拍身旁的小提琴盒子，說：「**秘密**就在這裏。」

華生看一看小提琴，並不理解福爾摩斯說話的含意。

「事情是這樣的，我看到了一篇聖克萊爾當記者時寫的報道……」福爾摩斯把他的發現**娓娓道來**。可惜的是，對面剛好有一輛四人馬車擦身而過，嘈吵的馬蹄聲掩蓋了福爾摩斯的說話，連華生也無法聽清楚。

四人馬車開過後，福爾摩斯他們的二人馬車加快了速度在泥路上奔馳，它駛過之處，皆

捲起一陣陣的塵煙。不過待馬車駛遠了，早晨的清風把塵煙一吹而散，路旁的翠綠景致又清晰地重現眼前。

警局裏，福爾摩斯和華生找到了李大猩和狐格森。

「可以讓我探望一下乞丐布恩嗎？」福爾摩斯向李大猩問道。

「那傢伙嗎？他又臭又髒，連獄卒都不願走近，你真的要看他嗎？」李大猩說着，鼻翼也不禁搐搐作動，彷彿已聞到了臭氣似的。

「嘿嘿嘿，我不怕臭，況且只要看他一下，就能夠找出失蹤者聖克萊爾，捱臭也是值得的。」福爾摩斯輕鬆地說。

「哦？你以為能夠從那傢伙身上找到線索

嗎？不要妄想了。我審問了幾天，連 丁 點兒線索也問不出來呢。」李大猩說。

他旁邊的狐格森也不住地點頭，似乎深表認同。

「這樣吧，如果我能破案，你們可以答應不向記者透露案中的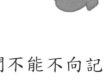嗎？」福爾摩斯問。

「那不行，案中有受害人，我們不能不向記者老實地講出事實。」狐格森不肯答應。

「如果沒有受害人呢？」

「好呀！沒有受害人的話，就答應你吧。」李大猩性子急，衝口而出答應了。

狐格森雖然想阻止，但細想一下，覺得同意也無妨，於是說：「這案子的受害人擺明就是聖克萊爾，答應你也沒用啊。」

「嘿嘿嘿，等着瞧吧。」福爾摩斯面帶神秘的笑容說。

在李大猩的帶領下，眾人去到乞丐布恩的囚室前面。囚室像個**大鐵籠**，室內的情況一目了然。

布恩弓着身體，背着鐵柵**蜷縮**在簡陋的木床上，看來還睡得很香。

「要踢醒他嗎？」李大猩不改一貫粗魯的作風，對待疑犯，他一點也不會客氣。

「不必了，只要打開門，悄悄地放**一桶水**和**一條毛巾**進去，不要驚醒他就行了。」福爾摩斯說。

「他幾天來都不肯洗臉，給他水和毛巾也沒用。」李大猩說。

「是嗎？那就更加要讓他洗刷一下了，衛生要緊嘛。」福爾摩斯堅持。

李大猩和狐格森不明所以，但出於好奇，於是按吩咐照辦。一切辦妥後，福爾摩斯打開盒

子，取出小提琴架在肩上，悠然地拉起來了。

華生在馬車上已得悉一切，知道福爾摩斯**有此一着**，但聽到他那美妙的琴音，也不禁有點感動。因為，那是他昨晚才聽過的《**小寶寶的安眠曲**》，聖克萊爾夫人和那對小姊弟楚楚可憐的情景又浮現在眼前。

琴音由輕至重、由低至高，仿如一條小溪在山澗上**潺潺流淌**，時曲時直、時徐時疾，

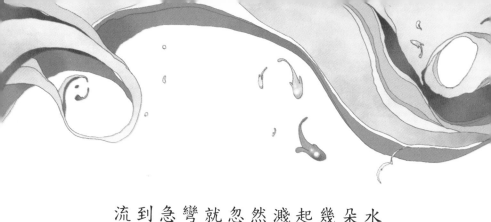

流到急彎就忽然濺起幾朵水
花，然後又一湍而去；沖到大
海時就匯流成滔天巨浪，翻起
洶湧波濤。

李大猩和狐格森都料不到福爾摩斯竟懂得拉小提琴，還在囚室門外拉起來。他們雖然不明用意，但也聽得入神。就在這時，乞丐布恩好像也慢慢地醒過來了。他在床上轉過身來，擦了一擦眼睛，看見福爾摩斯在拉小提琴，可能感到太意外了吧，看得出他有點吃驚。但他聽着聽着，那蜷縮的身體忽然微微地抽搐起來，不知不覺間，已見他眼裏噙着半眶淚水，不能自已。

福爾摩斯的左手越拉越快，琴音也越來越急，令布恩顫動的內心也翻起了巨浪，沖刷着他那充滿了愧疚的心靈。

乞丐布恩聽着聽着，兩眼已熱淚盈眶。突然，他雙手掩

面，「哇」的一聲大哭起來。李大猩和狐格森**面面相覷**，不知道發生了什麼事情。

就在布恩「哇」的一聲響起的一剎那，琴音嘎然而止，為澎湃的樂曲劃上了句號。

福爾摩斯放下琴弓，隔着鐵柵對布恩說：「這是《**小寶寶的安眠曲**》，你也很熟悉吧。」

布恩點點頭，擦着眼淚從床上爬下來。他看到了狐格森剛才放在地上的水桶和毛巾，似乎意會到什麼，於是拿起已浸濕了的毛巾，背着眾人緩緩地抹起臉來。

「究竟是怎麼一回事？」孖寶警探已察覺到這是我們大偵探精妙的安排，但仍看不出**箇中含意**。

「不用急，你們很快就知道是什麼事了。」福爾摩斯說。

紳士的秘密

不一刻，布恩抹好了臉，原來彎着的腰板也緩緩地挺直了。福爾摩斯故意**隆重其事**地說：「讓我來介紹吧，這位是乞丐布恩，也就是聖克萊爾先生！」

「**什麼？**」李大猩和狐格森不約而同地驚叫。

　　眼前的那位布恩，慢慢地轉過身來，只見他原來那反起的嘴唇已回復正常，臉上骯髒的泥污和 疤痕 也給擦得一乾二淨，完全變成了另一個人，他不是別人，正是失蹤了的聖克萊爾！

　　李大猩他們看過他的照片，一眼就認出來了：「怎會是你？究竟搞什麼鬼？」

　　「對不起，正是我聖克萊爾，布恩只是我行乞時的 化名 。」聖克萊爾說。

「昨天晚上我一直想不通你和乞丐布恩的關係，不知道什麼東西卡在腦袋裏。可是，當我看到你書房中的 剪報 後，就知道原來你一人分飾兩角，布恩是你，聖克萊爾也是你。」福爾摩斯說。

聖克萊爾垂頭喪氣地說：「你看到了關於倫敦乞丐的那篇報道吧？」

「喂！喂！喂！你們在說什麼？可以清楚地向我們解釋嗎？」被 蒙在鼓裏 的李大猩似乎已氣炸了。

「事情是這樣的，聖克萊爾先生以前是記者，為了報道乞丐的狀況，曾打扮成乞丐在街頭行乞。我在剪報中看到了他寫的那篇報道，加上布恩和聖克萊爾先生都懂拉 小提琴，卡在我腦裏的難題就一衝而破了。」福爾摩斯說。

「原來如此，但你**一表人才**，為何要在街頭行乞呢？」狐格森提出了大家心中的疑問。

「這……說來慚愧，當年在街頭行乞只想以親身體驗的角度來寫報道，但我完全沒想到，只不過蹲在街頭七個小時，就乞到26先令4便士。不過，我很快就忘記了。」聖克萊爾說。

「那麼，你為何又

『**重操故業**』，再

次在街頭行乞，還成為針線街無人不識的名丐呢？」福爾摩斯問。

「其後，有位朋友借高利貸，找我作擔保人，那朋友到期仍沒錢還，**高利貸**就來逼我還，沒法可想之下，於是……」聖克萊爾說到這裏，忽然哭起來，說不下去了。

「於是，你就再打扮成乞丐，到街頭行乞了？你不覺得這種行為非常**可恥**嗎？」李大猩屬聲問道。

「我知道這是可恥的行為，但是，我只不過行乞十天，就湊夠錢還清高利貸了。嘗到了這麼容易賺錢的**甜頭**，實在無法再專心工作，開始時當作兼職賺外快，只在假期扮成乞丐行乞，後來發覺太好賺了，索性辭去工作，當起**專業乞丐**來了。」聖克萊爾說。

「怪不得你成為那麼出色的乞丐了，一個有教養的人當乞丐，自然會想出很多吸引人施捨的方法吧？」福爾摩斯問。

「是的，我精通文史哲，又懂音樂和經濟時事，只須和路人搭訕幾句，再拉一曲小提琴引人注意，就能乞到很多錢了。」聖克萊爾忽然

抬起頭來，以閃縮的語氣說，「你們知道嗎？我單靠行乞，一年就能賺 **700英鎊**……」

「什麼？那相當於我好幾年的薪水呀！」李大猩恨得 **牙癢癢**。

「行乞幾年後，我儲夠了錢，在李村買了一間大屋，還生兒育女，生活得很愉快。不過……內心總有一種 **恐懼**，不知道什麼時候會被揭穿……怎樣面對妻兒。」聖克萊爾說到這裏，懊悔地低下頭來，「想不到這一天終於來了……」

「你說的是，那天在 **煙館二樓** 的窗口探出頭來時，被 **太太** 看見了？」福爾摩斯問。

「是的，那天我工作完畢……不，我行乞完畢，回到一直租用的煙館二樓卸裝。但剛卸好裝，正想換回紳士服時，就聽到樓下街上有

人嘈吵，於是探頭去看看，誰料被內子看個正着。我連忙回屋裏，吩咐煙館熊千萬不要讓她走上二樓來。這幾年我分了不少錢給煙館熊，他很守秘密。」聖克萊爾仍然低着頭，語帶哽咽，「我知道內子的個性，她是個不易

放棄的人，於是馬上把已卸了的化裝再塗回臉上，回復乞丐的裝扮。然後，企圖把紳士服丟到河裏，但剛處理了**外套**，已聽到內子和警察衝上來了。」

「於是，你匆忙把剩下的衣物塞進木箱中，然後躲到床下**靜觀其變**？」福爾摩斯問。

「是的，但我忘記收起那盒放在茶几上的積木，這個破綻，終於讓我的行藏敗露了。」

「窗邊那些血跡呢？怎麼解釋？」

「啊，我丟棄外套時，給窗邊的木框刮傷了，僅此而已。」

「你寄給太太的那封 信? 呢？又怎樣解釋？」

「那是我趁內子和警探忙於在暗格搜索時，偷偷撕下一本書的 扉頁 ，草草寫下 字條 和脫下 戒指 交給煙館熊代寄的。因為⋯⋯我知道警方會拘捕我，我無故失蹤的話，內子一定會很擔心。」

「你說得對，你太太為你擔心了好幾天！」華生插嘴道。

「什麼？她不是收到我的信嗎？」聖克萊爾感到詫異。

「你的信 星期五 才寄出，你太太是昨天才收到信啊。」福爾摩斯說。

「啊！煙館熊那傢伙怎會⋯⋯怎會這麼遲才寄出信。我⋯⋯我要讓內子擔心這麼多天⋯⋯

實在對不起她……」說着，聖克萊爾又嗚咽起來。

「我們派了便衣探員在煙館外**監視**，煙館熊不易有機會把信及時寄出吧。」狐格森猜測。

「700鎊，太豈有此理了，比起我的薪水……」李大猩看來仍想着乞丐一年700英鎊的收入，他一手**揪**住聖克萊爾喝道，「哼！乞討了這麼多年的錢，很痛快吧！我要把你關進牢裏，讓你嘗嘗吃不飽穿不暖的**牢獄**滋味！」

「對！拉他坐牢，一年賺那麼多錢，實在太氣人了！」狐格森也**眼紅**地附和。

「嗚嗚嗚……不要呀！不要呀！我已坦白交代了，請放了我吧。」聖克萊爾哭着求情。

這時，福爾摩斯瞄了一下李大猩和狐格

森，悠然地吐了一口煙說：「李探員、狐探員，請問你們以什麼**罪名**控告他呢？」

「罪名嗎？當然是**意圖謀殺**……」李大猩衝口而出，察覺不對，連忙改口，「不……是擄劫，不……是**欺詐**……不……」

「說不出罪名來吧？」福爾摩斯慢條斯理地說，「那麼，就只能放人了。」

「哎呀！不行！怎可輕易放了他！狐格森，你也幫忙想想呀，應該以什麼罪名起訴他？」李大猩**氣急敗壞**地說。

狐格森想了一想，然後攤開雙手、聳聳肩，他知道根本無法入罪。

福爾摩斯指着仍在低頭飲泣的聖克萊爾說：「乞丐布恩是他，聖克萊爾也是他，**此案根本沒有加害者**，**也沒有受害人**。所以，

我看只能無條件銷案了。」

「這……」李大猩語塞，知道無可反駁，只好洩氣地擺擺手，「滾吧！算我們倒霉。不過，要是你再次行乞，我一定把你踢進牢裏！」

福爾摩斯拍一拍聖克萊爾的肩膀說：「聽到了嗎？」

聖克萊爾噙着眼淚說：「我絕對不會再行乞了，我一定會改過自新的。」

換過衣服後，聖克萊爾在福爾摩斯和華生的陪同下，步出了警局。這時，只見聖克萊爾夫人拖着一對兒女，正從不遠處走過來。

福爾摩斯遞上小提琴，說：「這個還給你。我已要求警方對你的雙重身份保密，你今後要好好做人啊。」

聖克萊爾接過小提琴，感激地道：「謝謝你。」然後，就快步向他的妻兒跑去。

華生突然想起什麼似的問：「小提琴⋯⋯我實在不明白小提琴的用意。你剛才為什麼不直接叫醒他，而要用琴音喚醒他呢？」

「因為我想試一試他，看看他是否已完全埋沒了良知。」

「良知？什麼意思？」華生問。

「他聽到兒女最愛聽的樂曲後，如果仍然裝傻扮懵，不肯老實招供的話，證明他已沒有良知，這樣的人，不管也罷。」

「哦⋯⋯」

「幸好，他聽到樂曲後，終於反省，自行抹去乞丐的化裝。那麼，就該留一條生路，讓他改過自新。」福爾摩斯說。

「原來如此。」華生恍然大悟。

「哈哈哈！」遠處傳來了那對小姊弟的歡笑

聲，只見聖克萊爾與妻兒相擁，好不開心。

華生看着此情此景，有點兒感慨的問道：

「**你以為他會把實情告訴他太太嗎？**」

福爾摩斯把玩着手中的煙斗，笑瞇瞇地看着遠處那對恩愛的夫婦和可愛的小孩子，說：「我的責任是幫助聖克萊爾夫人找回丈夫，現在找到了，任務也就完成啦。她丈夫的事，我可沒有必要多嘴啊。」

華生早知道，我們的大偵探一定會保守秘密的，因為他就是這種人。

福爾摩斯舉頭望向天上的白雲，若有所思地說：「揭露真相不一定就等於主持了正義，隱瞞真相也不一定等於助長了罪惡啊。」

華生聞言，心裏感到一陣暖意，他知道，我們的大偵探又一次挽回了一個家庭的幸福。

所以，他也下定了決心，要把這宗奇案的真相**封存**在自己的肚子中，永不向外間透露半句。

可是，人算不如天算，不知怎的，神通廣大的**小兔子**竟然私自查出了箇中秘密。結果，你以為小兔子會怎樣呢？

my notes

(my name)

大偵探福爾摩斯⑥
乞丐與紳士

原著／柯南·道爾
（本書根據柯南·道爾《The Man with the Twisted Lip》改編而成。）

改編&監製／厲河　　　繪畫&構圖編排／余遠鍠

封面設計／陳沃龍　　內文設計／麥國龍　　編輯／蘇慧怡

出版
匯識教育有限公司
香港柴灣祥利街9號祥利工業大廈2樓A室

承印
天虹印刷有限公司
香港九龍新蒲崗大有街26-28號3-4樓

發行
同德書報有限公司
九龍官塘大業街34號楊耀松（第五）工業大廈地下
電話：(852)3551 3388　傳真：(852)3551 3300

第一次印刷發行　　　　　　　　　　　　2011年5月
第十四次印刷發行　　　　　　　　　　　2022年7月
Text：©Lui Hok Cheung　　　　　　　　　　翻印必究
© 2011 Rightman Publishing Ltd. All rights reserved.

想看《大偵探福爾摩斯》的最新消息或發表你的意見，請登入以下facebook專頁網址。
www.facebook.com/great.holmes

若發現本書缺頁或破損，請致電25158787與本社聯絡。

ISBN:978-988-77861-8-4
港幣定價 HK$60
台幣定價 NT$300

網上選購方便快捷　　購滿$100郵費全免
詳情請登網址 www.rightman.net